当如云雀高唱

[英] 安东尼·麦高恩 著
李小霞 译
锅一菌 绘

中信出版集团 | 北京

图书在版编目（CIP）数据

当如云雀高唱 / (英) 安东尼·麦高恩著 ; 李小霞译 ; 锅一菌绘. -- 北京 : 中信出版社, 2022.1（2022.7重印）
书名原文: Lark
ISBN 978-7-5217-3634-2

Ⅰ. ①当… Ⅱ. ①安… ②李… ③锅… Ⅲ. ①儿童小说–中篇小说–英国–现代 Ⅳ. ①I561.84

中国版本图书馆CIP数据核字（2021）第196115号

当如云雀高唱

著　　者：［英］安东尼·麦高恩
译　　者：李小霞
绘　　者：锅一菌
出版发行：中信出版集团股份有限公司
（北京市朝阳区惠新东街甲4号富盛大厦2座　邮编　100029）
承 印 者：北京中科印刷有限公司

开　　本：880mm × 1230mm　1/32　　印　　张：4　　字　　数：62千字
版　　次：2022年1月第1版　　印　　次：2022年7月第3次印刷
京权图字：01-2021-5810
书　　号：ISBN 978-7-5217-3634-2
定　　价：29.80元

服务热线：400-600-8099
投稿邮箱：author@citicpub.com

献给梅丽·基德，

你像母亲一样爱着我书中的孩子。

目录

序章

“我不他X的喜欢这样。”

“别说脏话，肯尼，”我对哥哥说，“你没必要张口‘他X的’闭口‘他X的’没个完，这可不会显得你很聪明，或者风趣。”

我学着英语老师金布尔先生的口气说道。不过这对肯尼没什么作用，他和我上的不是同一所学校。

“可是这天儿就是他X的冷啊。”

“我知道。”

“我们还他X的迷路了。”

“我他X的知道。”

我环顾四周。雪已经停了，但脚下的小路几乎消失不见。我看见白色的田野和一面面石墙。黑色的树的骨架从冻土中爬伸出来。天空一片灰白，像海鸥的背。事实上，所有这些东西里，最奇异的就是这天空，你根本看不到云，或云间的任何一点蓝，只有空荡荡的、凝固的灰，像一锅冷粥，煮也煮不开。

我让蒂娜，我们的杰克罗素㹴小狗，走在最前面。开始它还很喜欢雪，咬上一大口嚼个不停，像抓了只老鼠一样。现在，它看上去和我们一样不耐烦。蒂娜的年纪有些大了，寒气渗进了它的老骨头。

“还有比‘他X的’更难听的词儿呢，”肯尼说着把一双大手插进牛仔裤口袋里取暖，“学校里有个男生，叫麦洛。他什么脏话都知道。”

“真的？”我哼了一声，“什么脏话都知道？”

“没错。”

“什么都知道？全世界所有的脏话吗？”

“对啊，当然，”肯尼说，“嗯……也许不是全世界，但至少是全英国。因为，嗯，其他国的脏话他没准儿不知道，比如中国话‘白痴’，或者非洲话的‘蠢货’。”

“非洲话可不是一种语言，肯尼，”我说，“非洲甚至都不是一个国家。非洲有好多国家、好几百种语言呢。每种语言里都有脏话。”

“好吧好吧。”肯尼有些气恼。但现在，至少他没有再想着大雪、寒冷，还有我们所处的一团糟了。

“接着说呀。”我说。

“说什么？”

“麦洛跟你说的那些脏话，说来听听。”

“你不会告诉爸爸和珍妮我知道这些脏话吧？”肯尼问。

“当然不会，我从不告密。”

“可是你告诉他们我把火鸡藏在哪儿了。”

“我必须得说啊，”我说，“不然我们圣诞晚餐就没得吃了。”

肯尼点点头，他能理解这里边的逻辑。

“那好吧，”肯尼说，“我说啦……”

肯尼把他知道的所有脏话都告诉了我。我们笑得够呛，可还不足以让我们暖和起来。有一半甚至算不上脏话，比如“大烟鬼”和“搞砸”。也不知道这个麦洛只是当笑话讲讲，还是有人跟他胡说八道说了这些，他又学了来。

最精彩的部分是，肯尼说：“还有‘掘尸鬼’，知道那是什么吗？”

“不知道。”我答。

“算是最脏的脏话啦，”肯尼说，“哪怕说一遍，你都得在地狱里待上一万年。掘尸鬼就是挖尸体，还拿尸体干坏事的人。”

“不是真的吧，肯尼？”我有点结巴了。

“当然是真的了！笨蛋掘尸鬼就是挖尸体还忘了带铁锹的人。”

我大笑，笑出了眼泪，鼻涕也流了出来。泪水混着鼻涕，有那么一会儿很暖和，接着就变冷了，非常冷。

“你，你就是个笨蛋掘尸鬼。”我说。

肯尼推了我一把，我笑得太厉害，身体失去平衡，跌倒了。老狗蒂娜这么久以来第一次兴奋了一下，又叫又跳，跑来跑去。

我重重地摔在地上，感觉到身下的雪，以及雪面下坚硬的冻土。接着我意识到，我们陷入了多大的麻烦。

我站起来，刷掉身上的雪。我猜肯尼正期待着我还手，所以他虽然笑着，却保持了距离。然后，肯尼看到了我的脸，收起笑容。

“我们最好走出这座山，肯尼，”我说，“不然，我们准会他X的死在这里。”

第一章　去高沼地

事情本来不该这样。我们只是想出来玩玩，散散心而已。

这是爸爸的主意。

有一阵子了，肯尼总是既无聊又兴奋，非常毛躁。有时候他会生闷气，几个小时一声不吭，盯着雨水流下窗玻璃，好像在看电视。然后有什么东西刺激到他，他就开始疯起来，猛砸沙发上的靠垫，或者窜到街上乱喊，再或者爬到公园攀爬架的顶端，像狼一样嚎叫。他把在公园里玩的小孩儿逗得哈哈大笑，也把旁边那些坐在破板凳上抽烟、看孩子的爸爸、妈妈和保姆们吓得够呛。

肯尼无聊，因为现在是复活节长假，他的朋友们都不在。他上的是一所特殊教育学校，学生从各种地方来这儿上学，没有一个住在附近。

肯尼兴奋，因为下个星期，妈妈就要从加拿大回来看我们了。我们俩很小的时候她就离开了，之后再没出现过。其实，每年我们过生日，她都会寄信和贺卡。可是我们为了躲房租不断地搬家，那些信根本寄不到。好在这回，她终于查到了我们的下落。

她要来，还得住上一阵儿——不是和我们，是住酒店。她没法和我们住在一起，爸爸有了新女友珍妮。要是妈妈住进我们家里，珍妮肯定会疯掉的。

这就是肯尼又无聊又兴奋的原因。

当然，不止他一个人这样。

妈妈要来，我和肯尼一样心烦意乱，但我已经很擅长隐藏自己的感情了。早在很多年前，为了照顾肯尼，我已经藏起了对妈妈、对一切的感情。日子久了，就成了一种习惯。把感情藏在心底，就像在学校上课时藏一颗糖在嘴里，只不过，这滋味并不甜蜜。

还有一件事我不愿再想。我有一个女朋友，然后又没有了。我没法跟肯尼聊这个，跟爸爸或者珍妮也不行。我心里一直翻江倒海的，好像吃了什么坏东西。

所以，好吧，我的状态也不太对。于是当爸爸说我可以带肯尼去高沼地散散步，我几乎立刻就同意了。

“那上面很不错。”爸爸说。那天我们正坐在厨房里喝茶，他刚上完长夜班回来，看上去累散了架。“我小时候，你爷爷经常带我上去——他得病之前。”爸爸说，“而且，那时候也不像现在，出去散个步还要穿戴一身专业装备，像去南极探险似的。我们就提个袋子，里面装一瓶汽水、几个果酱三明治。走啊走，一直走到高处，就能看到脚下的世界：田野、森林，还有山……一直往最远处看，能看到一团灰蒙蒙、脏乎乎的地方，那儿就是利兹[①]。”

爸爸很少谈论他的父母。他们在我和肯尼出生之前就去世了。爷爷是个矿工，爸爸以前也是。后来煤矿关闭，大家都失业了。

爸爸望向远处。不过并不是眺望田野，而是回望过去，回望那座山，那片高沼地，汽水、果酱三明治，还有他的爸爸。

① 利兹：英格兰西约克郡的首府。

停顿了几秒钟，他又说道："每年这个时候，云雀就会唱歌。"

"云雀？那是什么？"肯尼刚刚冲进厨房，脱口问道。

"云雀是一种鸟。"我说。

我很喜欢鸟。我知道云雀，在书里的照片上看过，但从来没遇见过真的。

"对，没错，"爸爸说，"过去，它们在这一带的田地里很常见，但现在都看不到了。"

"为什么看不到了？"肯尼问，"有人把它们全都杀死了吗？"肯尼也许不知道云雀是什么，但他很喜欢小动物，痛恨别人伤害它们。

"啊？"爸爸一愣，"不，那倒不是。农民种田的方式变了，云雀弄不到那么多吃的了，尤其是冬天。以前可不一样，春天和夏天，只要你沿着小路走，周围到处是云雀。它们像一小团一小团的棕色烟花一样照准了朝天空发射，一边向上攀升，一边尽情地唱——那是云雀爸爸在给云雀妈妈们炫耀绝活儿呢。"

我看向肯尼。他好像已经看见了云雀直冲蓝天，双眼闪闪发光。他最爱烟花了，此刻大概是在想象直冲蓝天的云雀屁股里迸出耀眼的火星吧。

那时我们就决定了，上高沼地玩上一天。爸爸全都帮我们计划好了。“我刚好知道一个地方，就去那儿吧。”他说。我们在地图上找好了地点，爸爸把图打印出来，但打印机的墨快用完了，所以印出来的地图颜色很淡，有点儿模糊。我们得乘三趟公交车才能到那儿——在约克换一趟，瑟斯克再换一趟。我很喜欢搭三趟车这个环节，看上去更像一场探险了。

“最后一趟车，你们俩在这儿下车。”爸爸边说边指了指摊在厨房桌子上的地图，“这儿有条漂亮的小路。”他的手指沿着图上那条曲线划过去，曲线穿过田野，连接了两座村庄。“只有几英里远。路上要是想添加补给，村子里有商店。”他又戳了戳地图，“然后你们可以从这里搭公交车回家。”

我们得一大早出发，不然不可能白天赶回来。爸爸在医院里上夜班，推轮床运送病人，他下班回家之前我们就出发。正常情况下，珍妮会在，帮我们打理好一切，但她刚好也值夜班。所以这天早上，家里只有我和肯尼。

天还黑着，肯尼就醒了，每次有什么好事要发生他就这样。

“快起来，尼基老弟！”肯尼这一声吼毁掉了我完美的好梦。蒂娜总爱用屁股贴着肯尼的脸睡，现在它接收到了肯尼的兴奋，开始叫个不停。

蒂娜长着一张棕色的脸，身体的颜色像条脏手帕。它算不上天才狗，但十分忠诚，愿意为肯尼而死。它差点死了——被几个坏小子丢在野外，那些坏蛋竟然逼着它去猎獾。后来它被我们捡了回来，我猜我们算是救了蒂娜一命，所以它觉得欠我们的。

“你先去喂蒂娜，然后做几个三明治，”我对肯尼说，“我去整理装备。”

“做什么样的三明治？”肯尼问。

“当然是果酱三明治，”我想起了爸爸和爷爷的故事，“还有奶酪，再做个奶酪的吧。”

我往阿迪达斯书包里塞了一双手套、一条围巾、一件备用的套头毛衣和一顶毛线帽——我知道肯尼绝不会带这些出门。围巾和帽子都是利兹联队[①]的颜色——白、黄、蓝色条纹。我装好了打印的地图，手

① 利兹联队，全称为利兹联足球俱乐部，是一家位于英格兰西约克郡利兹的足球俱乐部。徽标为白、黄、蓝三色。

机也充满了电，还拿上了那把很不错的小刀，以防路上需要紧急削木棍或者打僵尸。

我又带了一只打火机，塞在我夹克内侧的口袋里。那只是个便宜的塑料打火机，我也不记得是从哪儿弄来的了。爸爸从不抽烟，但有段时间他老是喝酒。打火机很可能是他某个朋友送他回家时落下的。不过有时候我还是忍不住想，这可能是妈妈的。所以我一直留着它。

第二章　春天的雪

最早的一班公交车不到早上八点就离开了小镇。我们本想坐那一班的，结果错过了。第二班车是九点，我们又错过了。其实我们早就已经到车站了，但是最后一分钟，肯尼突然想起来得给蒂娜带些零食。不等他赶回来，车已经开走了。最后我们坐上了十点的这一班。等车的时间足够长，我又去了一趟斯巴超市，买了一瓶巨大的杂牌可乐和一些饼干——带巧克力的粗粮饼干是肯尼的最爱。

“到了高沼地后，我们得走两倍快，”我对肯尼说，“不然天黑以后，我们就会被困在那里。”

肯尼把蒂娜抱上公交车，我去付车费。肯尼喜欢坐公交车二层前排。他以前会在那里假装开车——伸着两只长胳膊，好像握着大方向盘，嘴里不停模仿公交车的隆隆声。现在他不这么做了，至少是表面上。但我猜他仍然在想象自己驾驶着这辆公交车，在路口转弯，看到斑马线上的老太太时踩下刹车。

蒂娜坐在我们俩中间，舌头耷拉在嘴巴外面。它比肯尼更喜欢探险。爸爸说我们下车后必须让它领路，否则它准会像只热锅上的蚂蚁。蒂娜有时看向窗外，有时看向肯尼。它看肯尼的时候，你知道它一定满脑子都是狗狗版的“我真喜欢这样”，或者，“我好爱你”。

按道理已经是春天了，我们出发的时候，天气还是和平常一样——有点阴沉，有点昏暗，但没有很糟——云朵之间甚至偶尔会闪过一线奇异的蓝天。而现在，我每向窗外看一次，天色就凝重、阴郁一分。等到我们坐的第三趟公交车开始向着高沼地爬坡的时候，雪下起来了。

“下雪了！”肯尼叫道，吃惊地瞪大了双眼。

“别激动，”我说，“不会积雪的，春天积不了雪。”

但是我错了。

一开始，这雪不过是虚张声势的雨，一碰上公交车的窗玻璃就融化了；后来就变成了湿漉漉的雪片，落到路面上弄得一片泥泞；再后来，雪片变小，被风吹来吹去，但当它们着陆在石墙外的田野上时，已经不再融化了。

我们总共花了两个半小时坐这三趟公交车。听起来很无聊，实际上却正相反。路上总有新鲜东西可看，肯尼开心，我就开心。我们吃了饼干，喝下半瓶可乐。有好多人和我们聊天，问我们要去哪儿。主要是裹着大外套、戴着帽子的老太太。答话的基本是我，肯尼很害羞。我们小的时候，别的小孩儿会大声吼他的名字，这让他变得很警惕。不过，老年人通常很友好。

一位女士也带了狗狗上车——一条毛茸茸的白色小母狗，套着格子呢外套，脖子上还系着粉红色缎带。蒂娜有时会对别的狗狗大发脾气，而且从不放过机会挑战那些块头比它大的狗。但它和这个毛茸茸的小家伙相处得不错，互相用鼻子嗅来嗅去。

“你们的蒂娜年纪大了，”下车时，那位女士说，“天太冷，你们得给它穿件外套保暖。”

“蒂娜用不着，”我说，“它可是约克郡土生土长的狗狗，强壮得很。”

等到我们下车，车厢里已经几乎空了。

车门噗的一声打开，司机问：“你们两个孩子要去哪儿呢？”他是那种胖胖的矮个儿男人，你大概会觉得，拥有这种身材的人肯定会快快乐乐、和和气气，但这一位的脸皱成一团，好像刚咬了一口坏掉的馅饼。我猜，要是一个人长得像坨会跑的圣诞布丁，还得保持快乐，压力一定很大。你得足够强大才能顶住这些压力，但还是会有点儿坏脾气。

“我们要去看云雀，”肯尼说，“我们带了奶酪和果酱三明治，还有汽水。”

“是吗，那好吧，小心点儿，”司机答，“往上走的路会比较脏。”

他伸出一只胖手指，指了指远处的山丘，那里一棵树都没有。

“你们俩穿得也不合适。”他补充道。

“我们会没事的，”我说，“上面有条步道。”

司机点了点头：“顺着路走。”

第三章　走入荒野

从公交站走上这条小路只需要五分钟，不可能走错。这里有一堵石墙，石墙上有一道缺口，缺口旁有个绿色的标志，上面写着“公共步道”，和爸爸说的一模一样。

离开大路、踏上小路的感觉很奇妙。前一秒，汽车和卡车从身边轰鸣而过；下一秒，我们已经迈入了完全不同的世界。石墙像城堡的遗迹，漆黑的树木则像一头头被正义巫师施咒冻住的怪兽。有点儿像是读一本书，从打开书页的那一刻起，你就开始了在另一个世界中的生活，离开了真实的这一个。

没有云雀的踪迹。唯一看到的鸟是乌鸦，又黑又大，独自缓慢地飞过田野。

“我想，没准儿我们会看到鸦仔。”肯尼说。

肯尼说的是一只白嘴鸦，去年我们从一只雀鹰口中救下了它。我们照养了一段时间，后来把它送到了动物收容所，也见证了动物收容所的人把它放归野外。那是我们救下的第二只野生动物。再前一年，我们还照顾过一头小獾。不过比起被照顾的动物，或许我们得到的帮助更多。

“我觉得这地方对白嘴鸦来说太荒凉了，”我说，“白嘴鸦是些小软蛋，真的。它们喜欢在农田周围觅食，土已经被犁翻开，好多好多的虫子都为它们准备好了……这里，是乌鸦的天下。”

“我不喜欢乌鸦。”肯尼说，“它们总是气呼呼的。”

“是啊。”我同意，“它们叫起来像是在让你滚开。”

小路平缓向上，所以我们虽然有些气喘吁吁，但还不至于筋疲力尽。脚嘎吱嘎吱地踩在积雪上，发出嚼饼干一样的声音。

一开始，沿途的树木和篱笆挡住了风。但二十分钟后，当我们甩开那些树，走上高沼地，那才是真正感觉到寒冷的时刻。一部分是因为公交车上带下来的热乎劲儿已经从体内渗出散尽了，但主要还是风。这是一种狡猾的风，知道怎么从领口和袖子溜进你的体内。

我从包里拿出帽子、手套和围巾，递给肯尼。

“把这些戴上。”我说。

肯尼讨厌帽子、手套和围巾。我也不知道为什么。

“你戴吧，我不冷。”

要让肯尼做他不愿意做的事简直不可能。当然啦，你可以贿赂他——有时候管点儿用，但没法强迫他。再说，我也不会强迫他。他虽然精瘦，却结实得很，有一双大得像铲子的手，两只大骨架的脚。我们还是孩子的时候，我还能靠挠痒痒打败他——等他痒得快要尿裤子了，就会向我求饶。可现在，不等我靠近他那瘦巴巴的肋骨，就已经被他压制得死死的。

“好吧。”我说。

事实上，戴上帽子、手套和围巾的滋味很不错。就好像被……嗯……搂着似的。

第四章　风雪小路

我和肯尼一路聊着天，蒂娜则嗅着所有可以被嗅的东西，对着几乎所有突出于雪地的东西撒尿，直到再也尿不出一滴。

“千万别吃黄色的雪。”我对肯尼说。

“我才不会呢。”肯尼说，“你说，要是天气特别冷的话，撒出来的尿会半空结冰吗？”

“不知道，估计会吧。等等，对了，我记得在电视上看过，是西伯利亚之类的地方，有个人把一壶开水往外倒，水还没落地就结成冰了。这么说，你的尿应该也会。”

“我倒想亲眼看看你撒出来的尿半空结冰……”肯尼说。

“不过，要是你敢在西伯利亚把小鸡鸡掏出来，小鸡鸡也会结冰的，像冰柱那样断掉。”我对他说。

“才不会！”肯尼惊恐地叫道。

“会的，肯定会。如果断口很平整，他们可能把你的小鸡鸡再缝回去，或者用强力胶水粘回去。”

“强力胶水就是垃圾，一点儿用也没有。”肯尼说，“有一回爸爸想把我的鞋底粘回去，结果它又掉了。除了手指，强力胶什么都粘不住。”

“一点儿不错，”我说，“粘手指，粘小鸡鸡——它最适合干这个。”

我们就这样东一句西一句地聊着，笑着，又往前走了一阵儿。

尽管白雪盖住了一切，但要沿着小路走还是很容易。路两边有石墙，即便有时没有石墙，也能看出小路独特的形状，这和四周的田野明显不同。小路的中间隆起一些，两边低一点儿，边缘处重又隆起。看上去像是车辙印，但也可能是上千年里上万只脚走过的痕迹。

随处可以见到挤在牧场围墙边的羊群，或羊们逃走时露出的脏屁股。不过我猜它们并不是被我们吓跑的，而是为了躲蒂娜——它正对着羊群咆哮个不停。

我也说不好它能对羊造成多大伤害，但它绝对想一试身手。我认为狗狗并不知道自己的个头有多大。我在书上读到过，能从镜子里认出自己的动物只有黑猩猩和海豚。科学家做过试验，在黑猩猩鼻子上涂一个红点，黑猩猩照镜子的时候，看到红点，就会把它抹掉。而其他动物看到镜子里的自己，却以为那是另一条狗或者别的什么动物。所以呢，在蒂娜的脑子里，它大概以为自己跟狼一样大。

我正埋头思索一个人怎么能对自己有多强大、能做什么完全没数时，肯尼突然开口了："这里真垃圾。我们现在能回家吗？"

"我们得到下一个村子才能搭公交车，"我答，"大概快到了。"

说话间，雪又下大了。我看着肯尼，这才注意到他有多冷。他的穿着实在不适合在这样的大雪里来一场山间漫步：T恤衫、牛仔夹克，还有一条牛仔裤，而脚下的运动鞋早已透湿。他的鼻子冻红了，一条细细的鼻涕沿着鼻头儿向下滴，每隔几秒钟就得用冻皴的手背蹭一下。他把身体躬下来，缩进夹克好抵御寒冷，但这就像靠喝汤来填肚子一样不管用。

我觉得自己是个白痴。保护肯尼就是我的使命啊。我让他失望了。早该提前想到的，早该做好最坏的准备。我解开围巾，扯下了帽子和手套。一瞬间，寒意咬住了我，像老鼠对待奶酪。

“给，”我说，“少废话，把这些戴上。”

过去，肯尼常常把穿厚衣服搞得像一种可怕的刑罚，跟被迫吃蔬菜一样。这一次，他盯着我手里那一大团帽子围巾看了一会儿，接了过去。他戴上帽子和手套，我帮他系围巾。

“我自己能行！”他叫道，甩开了我的手。

蒂娜站在我们中间，看看这个，看看那个，弄不懂到底怎么回事。

肯尼自己裹上了围巾。“好了。”他顿了顿，又说，“现在你可冷了。”

我耸了耸肩。“不冷，”我答，“不过我们还是得走起来。不会远了。”

第五章　抄近路，上山去

我错了。又是二十分钟的跋涉，我们依然站在荒野中央。前方是更高的山，而小路沿着山脚绕了过去。有那么一阵儿，我怀疑我们是不是一直在兜圈子。

“等一下，肯尼，”我说，“我们来看看，能不能从地图上看出点儿什么。”

我从口袋里掏出地图，手冻得不听使唤，地图掉在雪地上。肯尼帮我捡了起来，他的手虽然暖和，但是戴了手套，笨笨的。我在地图上找到了这条小路，手指比画着路线，试图算出我们到底走了多远。接着我想起我还带了手机，上面装了地图，能显示我们的具体位置。

但当我打开手机，却发现根本没有信号——好吧，当然会没信号。我只好重新看纸上的地图，试图猜出我们在哪儿。

“我们能回到先前下车的地方吗？”肯尼说。

“不知道，”我说，“也许吧。对，至少我们知道该怎么回去。”

但一想到要走回头路，我心里就不痛快。好像我们屈服了，被愚蠢的荒野和愚蠢的大雪打败了。

我重新看了看地图。小路绕了一个大弯，但我们要去的村子似乎就在山的另一边。

“我有个主意，肯尼。”我说。

“什么？”

“抄近路。直接往上走，翻过去。”我指着山坡，吹了小小的一声口哨，先高后低，“你觉得怎么样？”

我本以为肯尼会举双手赞成，但他的脸上出奇地空白，双眼呆滞。

“那上面看起来糟透了，”肯尼说，“也没有路。要是我们迷路了怎么办？”

“不会迷路。小路正好绕过这座山。而我们直接上去，再下来，不可能错过山后的路。说真的，一到山顶，我们应该就能看到那个村子了。”

“那好吧，”他说，“那快点儿。我快要冻死了。”

要上山，先得翻过一堵石墙。这是一种完全由互相堆叠的石头搭成的墙，没有用什么黏合的东西。我只说“堆叠”两个字，但你能看得出它们堆得有多巧妙，石头间完全没有空隙。

“你瞧，肯尼，”我说，“简直是石头拼图。”

但肯尼没有心情欣赏这种工艺。

爬墙很轻松，但蒂娜不太行。我先上到墙头，肯尼把狗狗递给我。我跳下去，想着蒂娜会跟着跳，但它只是沿着墙头紧张地踏着小步。

“太老啦，不适合玩这种游戏了吧？”我把蒂娜抱下来，放在墙这边的雪地上。这一面迎风，墙根处的积雪更深。

肯尼跟在我们后面跳，踢掉了墙顶的一块石头——他一直有点儿笨手笨脚。肯尼弯下腰去捡。

“别管它了。”我说。

肯尼恶狠狠地瞪了我一眼。

“我得修好它，”他告诉我，“这样才像话。”

石头发出了一声满意的闷响，肯尼把它结结实实地摞在了墙头。他又对齐两边，石墙看上去和原来一样漂亮。

“别没完没了的，一干就是一天。”我说。

我好像一下子回到了小时候。肯尼五岁，我四岁，或者差不多是那时。妈妈还没有离开，家里一切还好。我们有很多木头积木，一辆装了红色塑料轮子的木头小车能拖着它们到处跑。那是肯尼最爱的玩具。他喜欢搭积木，一搭就是几个小时，竭力要搭出那种又高又瘦的塔，每层只放一块。但因为塔建在地毯上，所以总是还没有搭高就倒了。那时候我还太小，不明白肯尼理解事情的方式跟其他孩子不一样。我总是告诉他，搭得再宽一些，底部用四块积木，但他不喜欢那样。

“要搭高！”他大喊，“搭高，高！高！”

每一次塔倒下来，肯尼的情绪就低落一分。他想自己来，可就是办不到，最后总得我出手。我会找一个平坦的表面，比如厨房的地板或者煤气炉旁边的瓷砖。我们轮流，一块由他来，一块由我来。轮到我的

时候，我就做一点儿小小的调整，好让塔能立起来。

当所有的积木都用完，肯尼就会躺在一边，凝视着这座高塔。我不知道他在想什么。也许是想象自己成了一个小小人儿，爬上那座塔，俯瞰整个世界吧。过不了一会儿，他就伸出手把塔推倒。积木滚落一身，他大笑起来。是真的，搭起一座塔，最开心的时刻就是把它推倒，当然了，得在你决定好了，时机正确的时候。

第六章　情报有误

在山上走要困难得多。每走一步，脚都陷进积雪，深得看不到脚面。积雪和枯草之下，湿泥巴冻成了坚硬的沟壑，走在这种凹凸不平的地面上，很容易绊倒或扭伤脚踝。几分钟后，风更大了，吹得雪到处都是，让人分不清是天上落下的，还是地上刮起来的。

前方，我们已经离山顶不远了。它背靠着那无尽的灰色天空，那空荡荡的一片。我想象着有斜向下延伸的农田，一直连到山后的村庄。

我转过身，看见肯尼在雪地里深一脚浅一脚地走着。“没事的，肯尼，”我几乎在大喊，“我们就快到了。”

肯尼抬起头，勉强笑了笑，加快了一点儿脚步，拖着蒂娜跟上。五分钟后，我们成功登顶。

然而，这根本不是山顶。

只是一段山脊。山脊后是几米长的下坡，然后又是上坡。

我的心一沉，但我必须对肯尼掩藏起失望。

“抱歉啦，肯尼，”我说，扮出一副欢快的腔调，“情报有误！那儿才是山顶，那儿。之后就一直是下坡路啦。我们会到村子里喝杯茶，再吃几块蛋糕。”

“要有香肠卷！”肯尼说。

“还有薯条！”我补充。

我们跑下那一小截下坡，试图借到一些冲力爬坡。蒂娜挺喜欢这种小跑，跟在后面又叫又跳。但很快，艰难爬坡又开始了。我们把头压低，希望能躲避冷风，就像电影里的硬汉男主角躲避醉鬼潦草的拳脚。

“给我多说一点儿，我们一会儿吃什么。”第二个斜坡爬到一半时，肯尼说。

“刚才说过什么了？”

“茶、蛋糕、香肠卷，还有薯条。”

“你还想要点什么？”我问。

肯尼考虑了一小会儿。

“再来点儿薯条。”他说。

“行，那就再来点儿薯条。还要什么？”

“再要一个香肠卷。”

“马上就来。”我保证。

“然后再来点儿蛋糕。”

“和之前一样的蛋糕，还是不一样的？”

“之前那个是什么蛋糕？”肯尼问。

“是巧克力蛋糕，上面有彩色巧克力豆。”

“行吧，”肯尼说，“那第二个，我要一份更多巧克力的蛋糕。我能吃你蛋糕上的巧克力豆吗？”

“没门儿！”我叫道。

“——才怪！”

“那这样吧，你可以吃我第二块蛋糕上的巧克力豆，但是我要吃你第一块蛋糕上的巧克力豆。怎么样？”

肯尼考虑了一会儿，来回掂量了一下。终于，他点了点头，做出了很大的牺牲：“成交。”

他伸出手来，我们握了握。

第七章　盖特拉西

大约就在那时，我注意到铅灰色的天空已经起了变化。一开始我以为只是云层更厚了，但紧接着，我意识到，傍晚将至，云的后面，太阳正在西沉。

肯尼拖着他的双腿，走得比三条腿的树懒陷在糖浆里还要慢。“加把劲儿，肯尼，”我说，“我可不想大晚上在外面溜达，撞到鬼鬼祟祟的盖特拉西。”

“盖什么？”肯尼问。我就知道他得问。

“盖特拉西。”

“这个盖特拉西是什么鬼东西？”肯尼问。

“人们有时候也叫它‘山狗精’。”

肯尼紧张地笑了笑：“你瞎编呢吧。”

“哈，我是说真的，”我对他说，“那是约克郡本地的一种怪物，总是在高沼地出没。有时候看起来像只大黑狗，有时又像匹马——只不过长的是爪子，不是马蹄。不管像马像狗吧，那怪物的眼睛一直都是红红的，所以你能认出来。你会看到红眼睛在黑暗中发光。”

“那它会干什么？”肯尼问。

“它会让你偏离正确的路。”

“然后呢？”

“然后？那就没人知道了。”我说。

“为啥？”

“因为就再也没人见到你啦。”

肯尼思考了一会儿，又问：“那它会对你做什么？”

“吃掉你。”

肯尼又反复琢磨了好久。

“可要是没有人再见到你，大家怎么会知道你是被吃掉的呢？”肯尼反问。

“因为呀，有时候，人们会找到那些盖特拉西吃剩下的。”

“啊？还剩下啥？”

“剩了些‘又有又没有’。”我说。

“怎么会？什么叫又有又没有？”

“就是又有又没有呀。”

“说不通。”肯尼抱怨道。

“就是这样。”

“那到底是啥？”肯尼追问道，“到底剩了啥？”

“你的屁眼儿！”我叫道。

肯尼嘎嘎大笑起来。“你是说，一点儿皮，还有，呃……一块屁股肉？”

“不，只剩洞。”

“这怎么可能？你是说洞洞里的空气吗？那你怎么看得到呢？”

“因为那是你的屁眼儿，”我一板一眼地解释，“是黑色的，还有味儿。”

我再也憋不住了，开始狂笑。肯尼也跟着笑，这一回，他成功地给我来了那么一下，害我摔了个四脚朝天。

第八章　迷失

又过了一会儿，蒂娜停下了，一步也不肯再走。肯尼试图拖它，它索性把脚扎进雪里。

“我猜它太累了，走不动了。”肯尼说。

“那好吧，过来，姑娘。”我把它抱了起来。它浑身发颤，但在我冻僵的手摸起来还是很温暖。它只是一条小狗，抱着它根本不费力。

又一堵石墙出现在面前。比上一堵高一些，抱着蒂娜，我不确定能不能翻过去。

我望了望墙的两边。

“那儿，那儿有个门。”我说。

我们走到门边，但还是翻了过去。门死死地冻在地上，翻比推简单。

墙的另一侧，我们俩挤到了一块儿。突然，肯尼发出一声惊恐的尖叫，斜插着跑过了田野。与此同时，我瞥见一道影子一闪而过：黑毛、尖爪、火红的眼睛。盖特拉西来追我们了！尽管我一直认为那不过是旧书里的愚蠢传说，并不是真的，此刻却认定那就是盖特拉西。我把蒂娜掉在了地上。狗的狂吠、我的叫喊和肯尼的尖叫交织在一起。我疯子似的跑去追肯尼，蒂娜则狂追我的脚踝，狗绳还系在它的颈圈上，一跳一跳地紧随其后。

接着，身后传来某种野兽的诡异叫声，我回头瞥了一眼，满以为会看到盖特拉西流着口水扑来。

三四头黑绵羊惶惑地咩咩叫着，沿着墙边四下逃窜，消失在了远处白色的田野中，只剩蒂娜还在咆哮个不停。我猜它大概想去追，于是拽住了它的狗绳。

“肯尼，只是绵羊而已！”我大声喊道，笑出声来。肯尼又跑了几步，才停下转过身来。我追了上去，两个人都上气不接下气。

“只是……绵羊……而已。”我大口喘着。

“是啊是啊，我知道。”他撒谎，我们又笑了。

“可别告诉别人，我们被羊吓跑了。”肯尼说。

“我反正不会说，”我说，“刚才我叫得比你还响呢！”

我们继续向山顶前进。但不知怎的，自从绕路翻过那道门，还有刚才那一顿疯跑，我的方位感变得一团糟。头顶的铅灰色一点点压低，似乎整片天空都降落在我们周围。

然后是雪，又一次下起来，更加猛烈，你甚至能听到雪花打在夹克上的噗噗声。之前被盖特拉西吓得猛跑，我们俩都出了好多汗，现在后背又湿又冷。我们三个，包括缩在夹克里的蒂娜，很快开始哆嗦起来。

“我讨……讨厌这里。”肯尼结结巴巴地说。

“我们很快就会走出去的。”我说着，逼自己朝他咧嘴笑了一下，“来三份薯条！”

“我才不要什么鬼薯条！”肯尼不耐烦地叫道，“我要回家，我现在就要回家！”

肯尼又跑了起来。不再为了逃离盖特拉西，而是向着温暖和安全的希望。

“等等，肯尼，”我喊道，“停下。我追不……我抱着蒂娜呢！”

我跟在他后面往上爬，怎么都追不上。他的两条长腿跑得又稳又快，我却踉踉跄跄，腾不出手来保持平衡。

“等等，肯尼。等等我！”我再次大叫，声音很快就被大雪和冰冷的灰色天空吞没了。

我越攀越高，直到大腿的肌肉因为用力而灼烧，呼吸也变成了痛苦的喘息。我站住脚，开口喊叫，或者说试图喊叫。但我实在太累了，只发出了一种嘶哑的呼哧声，然后变成一阵干咳。

我放下蒂娜，跪倒在地。这一跑，又是一身汗。同之前一样，汗水很快变得冰冷无比。我知道极地探险者最怕的就是出汗，汗水让人从里湿到外，衣服无法御寒，然后就是死路一条。我爬了起来，环顾四周。

“肯尼！”我拼尽力气尖叫。如同是被蒙在枕头里，我的声音仍然无法穿透寒冷的空气，以及吹来的乱雪。

我慌了。要是找不到肯尼怎么办？要是他在这该死的山上跑丢了，四处乱走……我看了看表，快四点了。天一直在变黑。而肯尼，孤身一人，在黑暗中迷了路。我继续喊叫：“肯尼！肯尼！”

“没必要鬼叫成那样吧。”

是肯尼。他就在这儿，就在我旁边。我把他抓过来紧紧抱住，算是惩罚。

“肯尼，”我说，“你要是再这样乱来，我就把你以后的薯条都吃掉！”

肯尼低下了头，我想他并不是在思考薯条。

“我以为要是憋住气跑下去，停下之前就能跑到。可是气用光了。”

拥抱松开，我们还是紧挨在一起，胳膊碰着胳膊。在我们家，没人会说“我爱你”之类的话。我们就这样挨在一起站着，胳膊贴紧胳膊；或者坐在沙发上一起看电视；或者一边吃玉米片，一边开对方的玩笑；再或者，爸爸会用他粗糙的大手拨乱你的头发：“得啦，傻小子，我们叫个比萨外卖吧。”蒂娜从我的夹克里伸出鼻子，舔了舔我的脸，又舔了舔肯尼。舔过的那一下，先是热乎乎，接着就和背后的汗水一样冰冷了。

“我们这是在哪儿，尼基？”肯尼问，“在哪儿？”

我不想承认自己毫无头绪。我掏出手机，没信号，一格都没有。我又伸出冻僵的手指，展开那张打印的地图。一些雪花落在纸上，我急忙掸开，但融雪还是在纸上洇开了一道道墨迹。

我找到了我们一开始走的那条小路——我们不该偏离的那条小路。

“就在这里的某个地方。”我指着小路和村庄之间的空白。这张地图上没有等高线，看不出这一片有多陡。这里什么也没有，或者说，几乎什么都没有……

“那是什么？”肯尼问。他把手指指在一条细线上，在我推测我们应该在的位置与山顶之间，这条线横穿而过。

“呃，不知道，”我说，“一条小路？不对，等等，它太曲折了。我想应该是一条小溪。”

“里面有鱼吗？”

“有啊，当然，肯定有鱼。”

肯尼还在沉思。“但它会拦住我们的路。”他说。

“有可能。不过那只是条小溪而已，我们可以跳过去。等过了那一关，后面就一直是下坡路啦。”

“就像爸爸？”肯尼问。

“啊？”

“就像爸爸上学的时候，就是那个……小河的故事。”

“哦，对，没错。”

真有意思，肯尼竟然还记得这件事。有那么一条小河——一条狭窄的小溪，紧挨着爸爸小时候的学校。那个年代，电视上只有三个频道，互联网还没有被发明出来，而他们做过的最好玩儿的事，就是放学后在小河两边跳来跳去。

我把蒂娜抱进怀里，和肯尼一起，在飘飘洒洒的大雪中继续前进。

第九章　在溪边

大约十五分钟后，我们到达了那条小溪。没等真正看见，我就已经听到了它，那声音有点儿像球迷欢呼，或是森林在低语。

“就快到了，肯尼。”我说。

肯尼抬起头，只说了一个字：“好。”

几秒钟后，我们到了。所有的希望、兴奋一下子破灭。那明明更像一条大河，而不是什么小溪。水面足有三四米宽。

“我跳不过去，”肯尼说，“没戏。”

我盯着水面，想搞清楚能不能蹚过去。里面有几处小瀑布，几厘米高的那种，激起白色的水花。其他部分则是茶一样的棕褐色，缓慢地流淌着。

麻烦在于，缓慢流动的部位看起来很深。要是在大热天，蹚水过河一定很有意思。但现在，我们已经冷到了骨头里，要是再浑身湿透……我蹲下来，伸出手指探进水中。我以为手已经不可能更冷了，没想到这又是完全不同的一种冷，致命的冷。

“不行，肯尼，”我说，“我们得绕过去。”

我又从口袋里拿出了地图。此刻，地图已经皱巴巴的看不清楚了。更多的融雪积在纸面上，洇开了更多墨点儿。不过我还是能辨认得出小溪的轮廓，大致猜出我们的位置。我沿着地图上的小溪往回找，它竟然和我们原先走的那条小路会合了。看上去，小路似乎跨过了小溪，所以那里一定有座桥。我的手指沿着小溪继续向前推进，就在地图边缘，另一条主路，以及另一座更宏伟的桥，出现了。被困山中，身陷大雪，我们这会儿简直像是与世隔绝了，没想到不远处竟然还有一条像模像样的大路穿过荒野，这感觉真是怪怪的。

如果我们跟着溪水走回小路，就等于白花一个小时爬上这座该死的山。但爬上来确实没什么帮助。珍妮说了，有时候人就是会搞砸事情，重要的是接下来的那一步，世界上没有收拾不好的烂摊子，等等等等，大概是这些意思吧。有时候你必须往回走，这样才能继续前进。

我试图向肯尼展示一下要走的路线。但他已经冻木了，双眼发直。他肯定只想赶紧出去。我伸出胳膊搂住他，不过这需要我踮一下脚，他已经比我高太多了。

“至少是一些下坡路啊。”我说。

“好吧。”

“我们接着走吧。不能停，一停下来，人就冻僵了。”

沿着小溪走，脚下居然还算得上有一条小径，这让我稍稍松了口气。当然，和我们之前离开的步道相比，这算不上真正的路。但以前一定有不少人走过这里，脚印叠着脚印，才形成了现在的小径。

出发以来的第一次，走路似乎有意思起来。溪水蜿蜒着，沿山坡而下。总听人说，沿着小溪或河流散步，悲伤就会被带走，恐惧就会被冲淡。河流总会流到某个地方的，它永远不迷路。跟着河流走，会没事的。

肯尼的双腿不那么沉重了，步子也恢复了一些以往的活力。就连雪似乎也变小了。但后来我意识到，这只是因为我们背着风，所以雪吹到我们的后背上，而不是脸上。不仅如此，就连后背上那夹雪的风感觉起来也像是件好事——一股力量，送我们去想去的地方。我把蒂娜放下来，但它呜咽个不停，直到我又把它抱起来，塞回夹克。

“给我们讲个故事吧，”肯尼说，“别讲吓人的。”

我常常给肯尼讲故事。有的是我从书上读来的，有的是我瞎编的。我想他更喜欢我编的那些，而不是书里的，因为编造的故事里往往有他认识的人或地方。

“要听什么样的故事呢，肯尼老哥？”我问。

“好听的。”

“傻瓜！我讲什么故事都好听。”

“有冒险的。”肯尼说。

冒险。这有点儿难办。我搜肠刮肚地回忆着我读过的那些故事，得是个老故事，主要是关于……

“我可等着呢……”肯尼提醒道。

于是我一股脑儿把能想到的全告诉了肯尼。比如希腊人与特洛伊人大战的那些事，而一切的起因竟是所有人都喜欢的一个姑娘。

“她叫什么呀，那个姑娘？”肯尼问。

“啊？哦，我想是叫海伦。”我说。

“海伦？这真不像古代的名字。我们班上就有一个叫海伦的。她戴金属牙箍，好让牙齿能正一点儿。她在操场上亲一个男生，结果两个人缠在一起了，因为那家伙也戴牙箍。结果不得不叫来消防队，把他们俩切开。”

“不可能！”我叫道。

“是真的！”肯尼告诉我，“嗯，好吧，我当时不在那儿，但我听说就是这样。他们俩本来得永远那样缠在一起的。然后就得结婚，就得那样一起过日子。”

“如果他们俩的嘴缠在一起，怎么吃东西呢？”

“不知道。医生会给他们插根管子，把汤倒下去。”

“管子？从哪儿插进去？”我问。

“不知道，也许从屁股。”

肯尼一副事实如此的口气，听起来反而更加好笑了。又过了好长时间，我才讲完这个故事。我告诉他希腊人获胜，是因为他们藏在一匹巨大的木马里，而特洛伊人拖着这匹木马进了城。半夜里，希腊人偷偷溜了出来，烧毁了整座城市。他们差不多杀光了所有的特洛伊人，最后夺回了海伦。

“他们为什么要把木马带进城里来呢？”肯尼问，“这也太蠢了吧。他们应该看看里面呀。他们应该放把火把它烧了。”

我可没法回答这个问题。

后来我又给肯尼讲了亚瑟王和圆桌骑士的故事，他们没完没了地互相打仗，没完没了地去城堡搭救美女，还有好多人为了寻找装着耶稣之血的圣杯而送命。最后有一场大战，亚瑟王的养子率领着坏人军团，亚瑟王最后杀死了养子，但自己也受了致命伤。我告诉他，亚瑟王最后离开了，死在了一座岛上。但他也可能没死，可能会在我们最需要他的时候回来，率领着他的骑士们，浑身像金子一样闪闪发光。

第十章　三明治与“烤鸡大餐”

我们一路讲着这些故事，四周的风景也悄然改变，仿佛是为了契合故事中的世界。一开始，沿岸出现了几丛灌木和小树苗。接着，河岸开始抬高，溪水下陷——这让它看上去更像一条河了。再后来，周围的树木越来越茂密，真不错，可以为我们遮挡风雪。树枝大多是光秃秃的，但要是凑近了细看，你就会看到冒头的一粒粒嫩芽——生命紧紧攥起的拳头，等待着伸展开来变成一只只绿色的手。

坏消息是，天色渐渐黑了。我们一整天都没看到太阳，只看到落着雨的灰蒙蒙变成了落着雪的灰蒙蒙。

没法看日落，甚至也感觉不到日落。好像有个调光的开关，有人正在把灯慢慢调暗。

“为什么还没到呢？”肯尼问。

“不会太久的。要不了几分钟就会走到原来的小路上，不等你回过神来，就能吃上薯条啦。”

这时河岸陡然上升，河水陷入了更深处。水声低沉，变成了一种咆哮，巨大的岩石现在全都冲出水面，河面不再有平静，一切都是白色的。我们走上河岸，向对面望去，看见溪水已经在这里开凿出一个峡谷，峡谷两壁都是闪亮的岩石。

我们现在到水面的距离几乎有二层楼那么高。站在岸边很危险，所以那里竖了一道木栅栏，防止有人跌落下去。

不下雪了，确切地说，现在变回了湿漉漉的雨夹雪。这里的树木更茂密，地上反而没有多少积雪。我把蒂娜从夹克里抱出来，放在地上。在这么多树中间，它似乎挺高兴，来回翘起腿抖了几下。

我一下子觉得饿了，这才想起来，我们根本不必走到村子就能找到吃的。

“肯尼，”我说，“三明治！”

“什么？”肯尼一愣，“哦，对呀！而且还剩了可乐呢。”

肯尼一直背着包，食物近在咫尺。我们站在栅栏旁边，俯瞰下方的小溪，溪水泛起白沫，不停地咆哮着，但听上去并不像在生气，反而还挺高兴。这让我想起了小学的时候，一天结束，放学铃声响起，你全速冲刺跑出校门，高兴地叫着，跳着……

肯尼往那只阿迪达斯书包里掏了掏。早上，他把切片面包做成三明治，重新放回空的面包袋，又在袋口打了结。现在，他不得不脱下我给他的手套好把这个结打开。有那么一刻，我忍不住想象手指正被温暖的羊毛包裹着，该有多么舒适惬意。

“我先吃哪个？奶酪的还是果酱的？”我问道，嘴巴里已经分泌出了好多唾液。

“啊？”肯尼愣了愣，好像我刚才说的是外国话。

“嗨，无所谓。有什么就给我什么吧。”

肯尼把手伸进塑料袋，掏出一个三明治。我一把抓过来，咬了一大口。

我差点就吐了。我把咬到的东西吐出来，拿起可乐瓶，痛饮了几口。

“该死，肯尼，这是什么鬼东西？”我问。

肯尼看着我，依旧一脸困惑：“三明治啊……”

“我知道，我是问，里面夹的是？”

“奶酪和果酱啊。”肯尼答，“不是你说的吗？”

“你把奶酪和果酱夹在一块三明治里？”

“对啊，你说的啊。”

“我说的是，做奶酪三明治和果酱三明治。”我说。

“你说的是‘奶酪和果酱’。我就是照你说的做的。”

说完，肯尼拿起一个三明治吃起来。他慢慢地咀嚼了一会儿，好像思索了一番关于生命意义的深刻问题。

“味道还不错。”肯尼说。

“真是个疯子。”我说，竭力忍住笑，又咬了一口三明治。

“我吃过比这更糟的东西当晚饭呢。”我说。

我还记得珍妮来我们家，把一切料理清楚之前的日子。那时，爸爸总是醉酒，脑子里颠三倒四，还挣扎着要自己做饭。有一回，他的一个哥们儿开货车时意外撞死了一只野鸡，把它给我爸。他说，野鸡挂了几天，现在吃正好。那时候爸爸已经醉了好多天，完全不知道怎么办，就把整只野鸡塞进了烤箱——爪子、羽毛、内脏，整只。

尽管被货车撞过，稍有点变形，但看得出来，那是一只漂亮的鸟。我还记得它的头部闪烁着蓝绿色光芒，黄眼睛周围有一小圈鲜艳的血红色斑块。就连它金棕色的后背也十分美丽，从黄到黑，有几百万种不同的色调——黄与黑之间所有的色彩。然后是两条长长的、傲娇的尾羽，上面的一道道条纹仿佛是通往天堂的铁路。总之，爸爸就这样把野鸡塞进烤箱，然后在沙发上睡着了。我和肯尼都饿坏了，我们一连吃了几天烤面包片，甚至连黄油或者人造黄油都没有，只有烤面包片。

于是，我们眼巴巴地等着，不知道那时候怎么想的，竟然还期待着它会像电视上那种烤鸡一样闪亮出场。可能确实太饿了，脑子已经想不清楚事情了。我们那时候真的是盼着吃，心痒难耐，嗅觉可能也就没有那么灵敏了……

说起来，其实先出来的是气味。恶臭。我猜主要来自燃烧的羽毛，再加上内脏里的粪便——正如我说的，它并没有被清理……但因为我们一直守在那儿，而气味是慢慢溢出来的，谁都没有闻出来。

我们完全不知道要烤多久。只记得两个人在厨房里坐着，等着，等野鸡烤好。

然后烤箱里传来低沉的砰声，仿佛有人扔下一只沉重的口袋。我打开烤箱门，黑烟滚滚。接着是恶臭，像流浪汉拉稀之后点燃了内裤。

我关上烤箱，赶在恶臭和浓烟要了我们的命之前，拉着肯尼跑进院子。十分钟后，我们回到屋子，爸爸仍然窝在沙发上睡着，偶尔喃喃自语，被浓烟呛得咳嗽几声。

我把野鸡从烤箱里弄了出来。要不是亲眼看到爸爸把野鸡放进烤箱，我肯定永远也猜不出那一团是啥，简直像是一个蹩脚且出了差错的实验现场：焦黑的羽毛，七零八落的内脏，还有七零八落的外皮。

"我觉得它爆炸了。"肯尼说。

那天晚饭，我们吃的还是烤面包片。

我又咬了一口肯尼做的奶酪果酱三明治。已经准备好了，这回味道就没有那么糟了。我逼着自己想象里面夹的是泡菜，不是果酱。不管怎么说，我饥肠辘辘，瑟瑟发抖，三明治很管用。

我靠着木栅栏向下面的峡谷俯视。两边是悬崖峭壁，乱石从溪水和湍流中探出头来，类似于你会在美国、俄罗斯或者其他什么地方的荒野纪录片中看到的景象。只不过规模小一点点。我差不多能想象熊站在河里猎捕鲑鱼，狼在树林间巡行。

“我喜欢这里。”肯尼说。

“是啊，不错吧？我们很快就能到达那条小路了。然后我们就能找到大路，找到村庄，一切都会好起来的。不过，我先看看这个破手机有没有信号，我得告诉爸爸，咱们今天要晚一点到家。”

我从夹克口袋里掏出电话。我的手冻僵了，像鳍一样笨拙。还是没有信号，电池也快没电了。我把手机举高了一些，这么做真是很蠢，仿佛对于从几千公里外的绕地卫星传输回来的信号来说，缩短的这六英寸会有什么影响。当然，或许稍稍靠在栅栏上一点儿就会更好一些——把身子探出栅栏，探到悬崖上方、水面上方，期盼这能有点儿用。

紧接着，压根儿也不知道为什么，手机就从手里掉下去了。前一秒我还抓着呢，下一秒就没了。我眼睁睁看着手机从指间溜过，下跌，在空中缓慢翻转。我没有时间多想，也没有什么成形的想法，但有几个画面闪过脑海。珍妮，好心的珍妮。她救了我们的爸爸，因而也救了我们。她给了我这个手机，用她做夜班护士辛苦挣来的钱。

所以我扑向了下落的手机。栅栏顶部的横木抵在了我的大腿上，稳稳地撑住了我。我又向前伸了一些，手指刚好碰到，却没能抓住。手机往上弹了一下，我知道我碰到它了。就像是在接板球，球触手反弹，向上跳了下，你知道你能抓住的，只要再来上一次。

我抓了。我接住了。然而，多伸出去的这几厘米，对于栅栏上腐朽的木梁来说，已经超出了极限。我听见啪的一声，感到栅栏裂开了。我半转过身，刚好看到肯尼——他的嘴巴正在变形，从咧开的笑容变成了一个惊恐的“O”。

然后我跌了下去。

第十一章　坠落

我想是下落前那个半转身的动作救了我一命，要不我肯定头朝下直接栽到谷底的石头上了。人从七八米的高度掉下来，会死吗？也许只是摔断脖子，后半生待在轮椅上而已，只是那就得靠眨眼睛和别人交流了。

不管怎么说，半转过来，我就伸出胳膊，成功抓住了悬崖边缘。还是没办法阻止自己往下掉，但绝望中的一抓减缓了速度，而且还确保了我是双脚朝下。整个人在峭壁上磕磕碰碰，脑袋狠狠撞在探出来的岩石上，但不等我反应过来，人已经到底了。那之后，就是一种完全不同的疼。

疼痛是件很有意思的事。疼的时候，它就是全世界最要紧的——被刺的脚趾，烧伤的手指，坏掉的牙齿。你好像就活在疼痛里面，疼痛变成了你。如果疼得太厉害，你会做任何事情好让自己不要疼，甚至背叛朋友（或兄弟）。然后疼痛消失了，你也忘了。好像从没疼过。这一定是因为人不能像记住其他东西那样记住疼，比如记学校里的乘法口诀、狗狗的法语名称，或藏糖果的秘密地点。那种记住的意思是你能把东西召回到头脑里，但记住疼，意味着得再疼一次，跟之前一样，这是不可能的。所以，你能记得的只是疼的时候你有什么感觉，那不是疼本身。即便是那种感觉，也非常微弱，就好像橙汁里掺了太多的水。第一次疼痛时的恐惧已经没有了。

所以，现在当我谈论这些，能说出的只是一些词语——希望尽可能真实。但它们不可能再把我带回那一刻——在小溪边碎石上着陆的那一刻。

落地时我没有觉得地是硬的，那是一种奇怪的柔软。我预期的是腿会剧烈颠簸一下，然而却像落进了沙子。事实上，有那么一秒钟，我以为真是我特别走运，选中了一小块沙地或者泥地降落。

然而身子向前一倒，我就明白了，下面只有石头。腿上的感觉也变了。柔软中混入了某种黑暗、可怕的东西，是那种你在梦里被无脸怪追逐的感觉。害怕，不是在头脑中，而是在双腿上。没错，就是那样。疼痛——令人恶心的、细细研磨一般的疼痛——开始像恐惧一样扩散，那是一种处在我真正的肉与骨里的恐惧。

溪水像怪物一样发出咆哮，在那上面我听到了另一种喧闹。

是蒂娜在叫，还有一个声音："尼基！尼基！"

不知怎的，我居然还应了一声："我没事，肯尼，没事。"

我有事。我落在了悬崖和湍急的溪水之间一段狭窄、平坦的碎石滩上。双手刺痛——我双脚先落地，但手又狠狠拍在了地上。我低头看向双手，这才意识到手机不见了。也许掉进了河里，也许摔进了岩石堆，无从知晓了。一根手指弯曲成了奇怪的角度，很疼，但我知道，这还不是真正的大问题。

我低头去看双腿，有点儿害怕会看到什么。我正侧身躺在地上，右腿搭在左腿上。我试着弯了弯脚踝，一股剧痛传来，好像一粒弹珠从脚底发射，顺着腿直冲进脑袋。我叫了一声，介乎呻吟和尖叫之间。

“尼基！”肯尼的声音又传了下来，“尼基！”

我想到哥哥还独自一人在上面，对这里的情况一无所知。

“等一下，肯尼，”我喘息着喊，努力让他听到我的声音，“等一下就好。”

很明显，我右脚的脚踝已经完了。但更糟的是压在下面的那条左腿。我甚至都不敢尝试动一动它，恶心的感觉就是从那里来的。我脑海里出现了一幅画面：断的腿，骨头碎裂，参差不齐的断碴儿从皮肤里戳出来。

我觉得自己快要吐了。

接着我想到，如果真是那样，应该会流血，很多很多血，但我的裤子上没有什么血渍。

这么说，并不是骨头刺出来的那种骨折。我想试试探身摸一下，又是一阵剧痛。不是脚踝处的刺骨剧痛，而是从左腿一跳一跳慢慢涌上来的恐惧。不是一动就疼，是根本动不了。我不知道这是不是因为我已经瘫痪了，或者是因为有一些深层的意识——一种潜藏的、骨头拥有的意识，它说：“千，万，别，动。”

蒂娜又在叫。我费力地扭过身，这样可以向上看，迎上肯尼的目光。

可是天色又暗了几分，现在像水彩课上涮笔的水，各种颜色通通洗下来，混成紫黑色的漩涡。

“肯尼，我没事。”我说，“我很好。我只不过是，需要你做点事。我要你沿着小溪继续走，一直走到大路上。然后你去拦下一辆车，告诉司机这里发生的事。告诉他们我掉下来了，我需要帮助。他们知道该怎么做。”

好吧，我大概就是这么说的。也许没这么有条理，中间还夹杂着喘息和呻吟，但要点是这些。

结果，白费。蒂娜继续狂叫，我看到一个黑影在悬崖暗处移动。

“肯尼！”我喊着，“快回去！别犯傻！”

他试图爬下悬崖。肯尼，一位出色的攀爬手，没有他上不去的树，可这是湿溜溜的岩石啊。要是我们两个都掉下来摞成一摞，那绝对是个坏消息。

但肯尼做得还不错。岩壁上有能让手脚攀住的支点，岩石之间还长着一些粗壮的矮灌木。肯尼向下爬了一半，然后是三分之二，这时候一丛伸出来的灌木辜负了他的信任。我看到他突然脱开岩石，朝我这儿跌了下来。我觉得他可能会正好砸在我身上。我顾不上替肯尼担心，满脑子想的都是腿上该有多疼。

还好他向下爬的时候已经稍稍偏开了我的方向。他双脚落地，一声闷哼，接着一屁股坐在了地上。

“天哪，肯尼，你还好吗？”我问。

肯尼坐起来，转身看向我。他戴着利兹联队的帽子和围巾，样子有点滑稽。

“还行，”肯尼答，“屁股疼。我还以为你……我还以为你已经……”

“我没事，肯尼。”我说。过了一会儿，我又说：“但我的腿不太好，我猜是骨折，疼死我了。”

不好的事我大多都瞒着肯尼，因为我觉得没必要让他担心或难过。不过现在，我只能让他明白，我们有麻烦了。

蒂娜依旧叫个不停。它还在上面，快要急疯了。突然，狗的叫声停了，我听到它小小的爪子扒在悬崖上。

“肯尼，”我说，“我觉得蒂娜大概是想——”

但它已经在行动了。不知怎的，蒂娜找到了一条下到崖底的路，似乎一点儿也不比它在家里跑下楼梯更复杂。

它凑到我面前嗅了嗅，又绕到我的腿边闻了闻，然后挨到我身边，侧身躺下了。它就抵在我身上，暖暖的。

第十二章　离开我，肯尼

就这样，我们三个又聚到了一块儿，置身一处不辨方向的荒野，挨着这条白浪翻滚、已然是条大河的小溪，而天色几乎全黑了。我疼得很厉害，快要吐了。

“你看起来……不太好。”肯尼说。

“你下来干什么呢，肯尼？”我用了几秒钟忍住尖叫，呻吟了一下。

“我不能把你一个人留在这里。”肯尼回答，“不然爸爸会怎么说呢？”

我仍然扭曲着身子躺在岩石上，想挣扎坐起来，但疼痛让我像挨鞭子的狗一样直哼哼。谷底要更黑一点儿，现在差不多是夜里了，我已经看不清肯尼的脸。

“肯尼，你得去找人帮忙。”终于，我喘上了一口气。

“不！我就能帮你。我们可以……我可以背着你！简直是小菜一碟。爸爸说他放的屁都比你重。”

这话逗得我笑了。爸爸说这句话的时候，他还能把我像个小孩似的荡来荡去。真不敢相信，肯尼竟然也记得。你真猜不到什么东西能在肯尼的脑子里留下来呢。但我的笑声很快变成了一阵痛苦的咳嗽，疼痛又涌了上来，剧烈发作。

“你背不动我，肯尼。我现在变大些了，而且腿伤得太重。你必须得爬上去。你能做到吗？”

肯尼扭过头，朝峡谷边缘望去。“我可以试试，但那里太滑了，”他说，“可以滑下来，可没法滑上去。”

“去试试看，”我说，“你得像个蜘蛛侠那样。不过，千万小心。然后去大路上，能多快就多快，拦下一辆车。这里是乡下，乡下人都很友好，他们会停车的。告诉他们出了什么事，告诉他们，得打电话找救援，找警察，还有救护车。”

“可我不想留下你一个人。”

“我有蒂娜陪着呢。”

“现在都晚上了。”肯尼说。我不知道他这么说，是担心把我这么丢在溪边，还是担心被红眼睛的盖特拉西追赶。

“你就沿着溪边走。这条小溪会把你直接带到大路上。还有，肯尼……”

“嗯？”

“你现在就得走。我受伤了……我的腿完了。”

换作平时，肯尼是不会跟人拥抱的。小时候他见谁都抱。上学后，学校里肯定有人告诉他，这是小孩子才干的，所以他就不再抱了。但现在他跪到我身边，试图给我一个姿势别扭的拥抱。我吻了他的头顶，自己也不知道为什么。

然后，肯尼沿着峡谷开始往上爬。一开始似乎挺轻松，有些碎石可以踩。不一会儿，他的动作慢了下来，我能听到他用力时的咕哝声。泥土和鹅卵石飞落下来。

“小心点，肯尼！”我喊道，就连叫喊都让我火烧一样地疼。

黑暗中，我隐约看到肯尼在后仰，我猜那儿一定有块悬空伸出来的石头。他的双腿在半空中一阵乱踢，接着人就掉了下来。那里离谷底只有两三米，甚至还没爬到一半，但他摔到地上时，仍然疼得哼了一声。

“肯尼，肯尼，你还好吗？”

“我没事，”他说着直起身来，“我再来。”

这一次，他甚至还没够到那块石头就滑下来了。

他没有停下，又试了一次，一寸一寸地向上爬。他成功地爬到那儿了，但依旧毫无办法——专业登山队员才能爬上去。肯尼被困住了。等他终于平安爬下来，我只觉得大松了一口气。

“搞不定，尼基老弟。”肯尼说，声音里听不出什么情绪。

我试着让头脑理智些，以便好好思考。然而真的很难，思绪杂乱，飘忽不定。然后，我发觉肯尼正看着我，平静地等待，等我想出点儿什么。

好吧，集中精神！

他可以沿小溪往回，走到岸不那么高、容易爬的地方。可如果往回，水会贴上石壁，那时就没有平坦的溪岸可以走了，肯尼就得在冰水里蹚一段，我不知道蹚多久。我们俩都已经冻僵了，浑身湿透的话……我不愿再想。

或者向另一个方向，从这里继续往大路走，这条路看起来容易些。水流虽然更快，但在小溪和峡谷之间有干涸的溪岸，有一些岩石可以爬。如果能保持一直往前，肯尼一定有机会找一处地方爬上去。

跌落的惊恐让我一时忘记了冷，此刻，牙齿咯咯打战的声音提醒了我，真像我们小时候那把玩具机关枪的声音。几乎说不了话，但我总算挤出了几个词儿。

“走那边，肯尼，”我说，“顺着小溪往那边走，走到能爬上去的地方。大路离这里不远了，你几乎都能听到车声了。”

我确实觉得，如果我真的用力听，我可以听出远处汽车的呼啸。但也许只是轰隆隆奔下山谷的水流，或疼痛和寒冷在我的脑子里搞鬼。

肯尼犹豫了。

“我害怕。”他说。

“别犯傻。我刚才是拿盖特拉西逗你的，根本没有盖特拉西。”

“我不是怕怪物。”

“那怕什么？”我问肯尼，“怕迷路？”

“不是。”

“那是什么？”因为在打战，说出口就变成了“那——啊——啊——什——么”。

“我怕你会……你会……”肯尼开了口，却说不下去了。接着他又拥抱了我，我感觉到他热乎乎的泪水打湿了我冻僵的脸。

“我会没事的，肯尼老兄。”我说，“但你得行动起来啊。”

“我不想一个人。”

“你永远不会一个人，肯尼。我们会永远在一起。可是，为了能在一起，你现在必须得离开我了。求你了，求你！”

肯尼站起来，走了。蒂娜也站了起来。它看了看肯尼，又看了看我，好像在努力弄清谁更需要它，当然也可能是在决定哪一边是它最好的幸存机会。总而言之，蒂娜最后下了决心，小跑着去追肯尼。几秒钟后，他们拐了个弯，看不见了。

我正要来一个惊天动地的喊叫发泄一下痛苦和害怕——从我掉下来起就一直在忍了，没想到肯尼又跑了回来。

“给，”他说，“你需要这些。”他摘下了围巾和手套。

“不，肯尼，你戴着吧。我恨死利兹联队了。”

“你还是戴上吧，”肯尼说，“我不会告诉别人的。”

我猜他大概忘了头上还戴着顶帽子，不然帽子也会摘下来给我的。我没有提醒他。他替我裹上了围巾，甚至还帮我撑开手套，让我把手伸进去。手套已经在他奋力攀爬的时候浸湿了，但戴上的感觉仍然很不错。

“我眨眨眼的工夫就回来。”肯尼说——这是爸爸去酒吧时常说的话。

说完，他转身走了，蒂娜跟在后面。

第十三章　谷底的呼喊

我躺回冰冷潮湿的石头。我在抖，恶心，而且吓坏了。如果我一动不动，腿部就只是一种抽动的钝痛，然而哪怕动一点点，它就会变成难忍的剧痛。现在，我是彻底一个人了。

要这样等多久？要是肯尼沿着溪水走回步道，再找到大路……嗯，二十分钟？半个小时？不过他还得拦下一辆车。没有车怎么办？谁会大晚上在高沼地开车呢？不，总有人会的。这里又不是蒙古，是他X的约克郡，到处都是人。我长这么大，还没有一天是不见人的。这就是我们的世界，挤满了人，想躲都躲不开。

要是你去利兹，那儿更是有成千上万、上百万、上亿的人，多到数不清。全都聚在一起，全都不同，但其实又都一样，没有一个人知道你是谁。现在就连乡村也变成这样了。新的房子，新的人——他们的故事你永远都不会了解。

真冷。

又下雪了。风吹不到谷底，上面高悬的树木也遮挡了一些。但雪实在太大了，还是有一些湿漉漉的大雪片能落到我身上。有一片落在嘴唇上，我舔掉了，滋味不错。我竟没有意识到自己有多渴。我张开嘴，希望再多点儿雪花落进去。不过这种事我们从小就知道：绝不能喝雨水或雪水，不管下得有多大，大雨滂沱，也不能喝。

我脱下手套，伸手摸过湿漉漉的头发，想顺一些雪下来，然后舔了舔手指。没用。

我想把身子蜷成一团来躲避雪片。我需要把身上仅有的热乎劲儿全存住。但我的腿太疼了，根本不敢弯曲。大概就在那一刻，我第一次觉得自己也许真的会死在这儿，等不到肯尼找到并带着救援队伍赶来，就冻死在潮湿的雪地上了。

直到那时我才开始喊起来。现在想想我那时可真蠢，竟没有早一点儿呼救，小溪边本来也许还有其他人在散步吧。不过再回想一下，与其说那是呼救，倒不如说是对所发生的一切的恐惧和愤怒的哭嚎。我是用“救命！救救我！”起头的，很快，这些词语就变成了原始的叫喊，动物的嚎叫。伴随着嚎叫，不仅是眼前的痛苦和害怕，还有我生活里发生的一切糟糕事情，全都倾泻而出。我的妈妈离开了，我的爸爸崩溃了，我不得不照顾肯尼。那些日子里，我饿着肚子去上学，是真的饿，因为我把最后剩的一片面包给了肯尼。那些日子里，我脏兮兮地去上学，因为家里根本没有热水，没人肯坐在我旁边。那些日子里，学校里的其他孩子总是取笑我，因为我的裤子太短，吊在腿上。

我嚎叫，因为萨拉再也不想和我约会了。

萨拉是我有生以来第一个女朋友。她一头黑发，漂亮又聪明，我想出一个笑话的时间，她能连讲五个。她一开始就不该和我约会。这事和她哥哥的事掺和在了一起，那家伙是我的死敌，但最后我们发现他居然是个挺好的人。我和萨拉在一起交往了三个月，那是我生命中最美好的三个月。一切都很顺利。爸爸也好起来了——主要是因为珍妮，她把我们生活中失去的一切都放回了原处。连肯尼也在这个世界里找到了他的道路。他很喜欢那所特殊教育学校，喜欢那里的伙伴。就算他最好的朋友认定自己是神秘博士，又有什么不好呢？

接着是妈妈。直到去年我们才得知她到底经历了什么，她去了哪里。她崩溃了，那时我和肯尼还很小。肯尼是个很难办的大麻烦，爸爸也是，可能我也是。妈妈很消沉，快疯了。于是一走了之。好多年了，我们以为她不爱我们，甚至也不会想起我们。如今我们知道了，她在加拿大开始了新生活，但从未把我们忘记。她邀请我们去那里，去度假，但我们没有钱，所以她就来了。我仍然在生妈妈的气，仍然被无数种没有人能命名的感情填充着。但在所有的这些感情里有一种，是爱。这么久了，人生第一次，我的生活不再是垃圾一团。

然后……

然后萨拉告诉我，她只是想和我做朋友。当时我们俩在星巴克，我们第一次约会的地方。

“我觉得你真的很好。”萨拉说。我一下就知道了，这一切全都错了。她还说了些别的，但血在我的两耳跳动，后面的话我什么也没听进去。我的双手在桌子上攥成了拳头。我记得她把手放在了我的手上面，记得那种感觉——凉爽、干燥。她有完美的指甲，不像我那些咬坏了的“烂木桩”。

“我做了什么？”我这么说，或者大概是这么说的。意思是，我做错了什么？

“没有。”萨拉说。

“那是为什么？”

“不是每件事都有个好理由。有时候就会这样。”

我没法看她。我盯着自己的拳头。她的手已经挪开了。在我们约会的那三个月里，我开始越来越善于谈论我的感受，但一切都终结了。

“我恨你。”我说。

“不，你不恨我。”萨拉说。

有一会儿，没有人说话。当我抬起头，她已经走了。

第十四章　梦境边缘

我在这儿睡着了吗？不，没有真睡。但处于一种奇异的恍惚状态——回忆着，想着……不算睡。太冷了，睡不着。

我一直躺在一块石板上，高出溪面几厘米，浪花在不远处翻滚。不过现在有些东西看上去不一样了。感觉不一样，听起来也不一样了。水似乎更近了，不对，不只是更近。我就在水里。几乎浸没。

我没懂。我是不是恍惚中滚到水里了？不，不对。我并没有动，我动弹不得。是河动了，水涨了。下了这么多的雨雪，峡谷里河水无处可去，只能涨高。我试图把自己拖上去一点儿。悬崖下有半米见宽的石头仍然是干的。这一挪动，疼得我又叫起来，比上一次叫得还要惨烈。尖叫用它的利爪扯住了我的喉咙，就像有人从我体内拔出了一大丛带刺的荆棘。

我体会到一种全新的恐惧。河水会在峡谷里越升越高。我逃不掉，我的两条腿废了。河水会慢慢涌上来，用它冰冷的臂膀搂住我，把我拖进它黑暗的腹地。

我从小就害怕溺水，也不知是什么原因，也许某一次在游泳池游得太深了，也许是爸爸酒醉之后，把还是婴儿的我掉进了浴缸。不管是什么，肯定是过于糟糕才想不起来。我曾经想象过溺水会是什么感觉——呛入第一口水，恐慌，试图尖叫，试图呼救。

但后来我在图书馆读到了有关溺水的书。书上说，我们想象的那种溺水方式不会真实发生。溺水者不会拍打水花，大呼小叫，上上下下翻腾好几次。溺水是寂静的，平静的。你吸入一整肺的水，然后一切就都结束了。你当然会下沉，但没有挣扎，什么都没有，平静无波。得知这一点没有让我安心，反而让我越发害怕了。

我是不是在犯傻，任由恐慌搅乱我的头脑？肯尼现在应该在路上了。救援马上就会到。会是什么呢？一架直升机吗？真希望是直升机呀。他们会派人下来，用担架把我固定好，然后吊上去。我会慢慢上升，在空中缓缓旋转，从高处看到这条河，这个峡谷，整座山，约克郡，英格兰，世界。要是说出来给大家听，一定是个精彩的故事。我会告诉爸爸、萨拉，告诉妈妈，告诉学校里的每个人。我会出名的。学校会为此召开特别大会。校长会当众宣扬我的事迹，说我是个大英雄。然后我走上礼堂讲台，脸上满是尴尬和害羞，接受大家的鼓掌和欢呼。“他可真谦逊，对不对？”有人会在底下这么夸我。我还会得到一枚奖章。没有参军，但因为英勇而得到的那种奖章叫什么来着？对啦，是乔治十字勋章。这名字可真傻。这年头还有谁叫乔治？肯定是取自某个国王的名字。国王曾做过什么英勇的事吗？好吧，以前他们可能很勇敢，会骑马冲上战场，但现在可不会啦。每天坐在宫殿里，偶尔出去转转，出席一家新娱乐中心的开幕剪彩，有什么勇敢可言呢？爸爸说，有专人负责为他们往牙刷上挤牙膏，还有人为他们擦屁股。也许他们会在剪彩的时候不小心划破手指，或者被柯基狗咬伤脚踝——一只爱叫唤的柯基狗，汪！汪！汪！

汪！

我睁开了眼睛。

第十五章　征兆

水位还在逼近，咆哮声也比之前更响。小溪现在真的变成了汹涌的洪流。但我听到的并不是水。

是狗叫声。

蒂娜。

它在那儿！我是说，就在这儿！蒂娜正试着甩掉身上的水珠。还是说，它在发抖？

有那么一秒钟，我还以为是救援人员要来了。他们没有顺着绞盘从直升机上降下来，而是更合理，沿着河岸走来。也许肯尼还和他们在一起呢。我大声喊道："嗨！我在这儿！肯尼！"

但似乎……不对劲儿。应该有嘈杂的声音，应该有灯光——对，他们会打着手电筒。而且为什么他们会派蒂娜跑在前面呢?

不，不是救援队。是其他的事，糟糕的事。蒂娜在这儿，说明出事了。我真不该派肯尼一个人去。我并不知道拐弯的河道后面是什么。什么情况都有可能。也许是瀑布，也许是急流，或者是一大片平坦的水，从峡谷一侧的悬崖延伸到另一侧的悬崖。

我得去帮忙，我得去找肯尼。

但我这两条该死、愚蠢的无用的腿。

蒂娜走近我，呜咽，颤抖。它蜷缩在我身边，试图暖和一点。

“出了什么事，姑娘？”我问，“出了什么事？”

我本想躺在这里，躲在岩石的庇护下。躺着，等着，直到营救者赶到。

但是他们没有来。肯尼需要我。我必须做营救者。

我的腿。我从电视上看到过一些那种一个人被扔进丛林，然后教你如何生存的节目。那种即便有一大群摄制组跟着，也要表现得像孤胆求生的电视节目。其实他们每天晚上都会下榻普瑞米尔酒店，在南多世烤鸡店吃饭。南多世……真希望我没有想起这个。南多世烤鸡店里总是很暖和，吃的也……

别想了，尼基。快回到正题来！集中精神！

节目中有一集关于怎么应对断了的腿，用夹板之类的东西。不过呢，要是手头没有夹板，也可以用其他的。是什么来着？对了，把一条腿绑在另一条腿上。用那条没断的腿当夹板，用腰带来固定。没错，就是这个法子。

我解开腰带，把它从腰带扣里抽出来。就连这个小动作都让我疼得够呛。我真怕碰那条受伤的腿，但我知道我必须得做些什么才能动起来。我伸手沿着左腿仔细摸索，寻找骨折的位置。膝盖以上没问题。我又捅了捅膝盖。酸痛，但也不算麻烦。我伸长胳膊，沿着腿外侧继续往下摸。膝盖往下十厘米，我摸到了。一块隆起，像鸡蛋。只是轻轻碰一下，似乎不会有什么。看起来我的腿不太介意。是，我知道这么说显得很蠢，但我确实开始把腿看成不属于我的东西，一个独立的存在。独立，但仍然是我的。类似家中的不肖子、提不得的丑事。这条腿肯定有头脑，至少有它自己的想法。它会思考，还有感觉。它有自己的观点和意见。然后这条腿现在的主要意见是：它不想让我移动它。

我知道接下来肯定会很疼，非常疼。但我现在这么做不只是为了自己。肯尼需要我。他就在前面某个地方，困住了，有麻烦。

我开始用腰带去缠我的腿。这是爸爸的旧腰带，对我而言太长了。我记得他在皮带上多戳了几个洞，用的是工具箱里的一个工具。看上去像把螺丝刀，但末端不是扁平的，而是尖的。他把那东西叫成什么来着？钻子？不对，叫锥子。爸爸很擅长用这些工具。他说爷爷比他更厉害，爷爷是矿上的工程师，负责维护机器运转，他把这些知识传授给了爸爸，但有些还是失传了，被忘掉了。爸爸曾试图向我展示一番：如何在钻孔前测量木头和做记号，螺丝钉为什么比钉子好用，如何让凿子保持锋利。但我从没有好好听过。如果我有孩子的话，我会传授给他们什么呢？就连换个该死的灯泡都把我吓得屁滚尿流。

想这些只是在岔开话题，尽量拖延我要面对的事。我其实怕得要命。

肯尼。肯尼。肯尼。

我摸到了腿部隆起的那个部位，用腰带轻轻地绕了一圈，接着一直缠到脚踝。现在，两条腿被松松地捆在了一起。但这没什么用。我屏住呼吸，勒紧了腰带——惨叫声响彻峡谷，盖过了流水声，冲上天空，一直传入太空。

叫成这样，我的手还是继续施力，勒紧腰带，把两条腿绑在了一起。

嘴里有种奇怪的味道。我啐了一口，是血。我咬破了什么？舌头？双颊？还是说，这些血是从身体里涌上来的？

不重要。火烧般灼热的剧痛过去了。腰带末端还在我手里，而腰带扣夹在我两膝之间。我也不知道该怎么处理这一头，它已经够不到腰带扣了。只好把它塞进绑好的皮圈里，又绕了一下，拉成了一个结，尽量紧一些。又是一阵剧痛。但奇怪的是，这一次的疼痛似乎有了一种“正确”的感觉，它在对我说：“是的，这么做是对的。”就像拔出木刺时的最后一波疼痛。

我用同样的方法把腰带扣的另一头也打了个结。现在，我的两条腿紧紧地固定在一起。我感觉……好多了。仍然糟糕，但好多了。

水仍在上涨，浪花溅到了我脸上。我瞥了一眼蒂娜，它在发抖，看上去和我一样狼狈。

“来吧，姑娘，”我说，“出去散个小步。”要是我现在还能正常呼吸，大概会被自己傻乎乎的口气逗笑吧。

我匍匐前进，像条搁浅的鱼。对，我记得看过一本关于进化的书，上面的插图就像我现在这样。那是第一条把自己从水里拖出来的鱼，正在向两栖动物进化。它那是进化，我觉得自己这样只能算退化，退回那种眼神呆滞的冷血动物，唯一重要的是往前爬，疼痛什么也不是。我必须找到肯尼。

蒂娜在我身边一瘸一拐，垂着头，仍抖个不停，仿佛某种不祥的征兆。

第十六章　河上的眼泪

我沿着肯尼离开的路前进，路上都是碎石，旁边就是汹涌的溪流。天已经黑透了，雪停了又下。耳边满是河水的吼声，蒂娜有时在我耳边，有时又落在我身后。

河水向左拐，我也跟着转弯，戴着手套的手指抠进沙砾里，好把自己往前拖。每往前爬一米，河水就更宽一些，河岸就更窄一些。再后来连河岸都没了，我只能拖着身子在浅水中爬。

我移动得很慢，非常慢。尽管如此，腿还是几次被岩石的突起颠了起来。每一次都像被铁杵砸过，但我全都叫喊着发泄出来了——我的疼痛、愤怒和沮丧。

突然，河水的音量仿佛被人调高了。我发现我已经来到了一条瀑布脚下。瀑布大约只有一米高，但我离得太近，听见那声音大得就像全世界的抽水马桶在一起冲水。河岸又往下沉了两个陡峭的台阶，这成了这段可怕旅程中最糟糕的部分。

我指的是肉体上的。

真正最糟糕的还没有到来。

我知道下这两个台阶会很疼。我把腿弯过一点儿，尽量不让骨折的部分碰到岩石，然后滑了下去。岩石拉扯着我的夹克、套头毛衣和T恤衫，割进了我的肚子，剐蹭着皮肤。我的脸紧贴着谷底黏糊糊的碎石，嘎吱作响，但我还是在向前。

也不知道我这样拖着身子在弯道爬了多久。但我拐过去的一瞬间，尽管又脏又冷完全湿透，我还是希望自己没能爬过来。

这一带的河面完全不同。

河水没有奔涌向前，也没有向天空挥舞它的白色拳头。这里的河水平缓而温柔，雪花落在河面上，甚至会漂浮一会儿，如同眼泪驻留在一张脸上。这一片有一个大房间那么大，静止的水面一直延伸到下一个拐弯处。虽然还看不到，但我能听到下一个瀑布的声音。这里只是两段湍流之间的缓冲地带。

这附近的崖壁稍微低一些，没有二层楼那么高了，只相当于平房。河水刚好拍到悬崖脚下，没有河岸供我爬行了。我的身下是最后一点儿干燥的地方。

但这还不是让我心里泛恶心的原因。有一样东西，漂浮在水面上，在雪片之间。

是一顶帽子。

利兹联队的毛线帽。

第十七章　在火光中

我扯开嗓子拼命喊：“肯尼！肯尼！”我像个傻瓜冲着那顶帽子叫喊，就好像肯尼正在水下行走，只把帽子探出水面似的。蒂娜一会儿呜咽一会儿吠叫，在原地转着小圈。

我拖着身子试图爬下去，但水太深了，很快就没过了我的胳膊。刺骨的寒意让我动弹不得，我不得不重新爬回那一小片干燥的石头上。

我再次尖叫，沮丧，痛苦又孤独。脑海中闪过无数可能发生的惨状，就像在看一大堆垃圾网站上的视频。肯尼走到这么远的地方，被困住了，因为没有完成任务，不肯回来，试图涉水过去。河水越来越高，把他冻僵，没过腰、脖子。肯尼脚下踉跄，呛进那一大口致命的水——就像我想象我自己的时候，失去知觉，溺入水中。

我试图播放一个好点儿的视频。肯尼以某种方式绕过了这段河面，一路去到公路上，平安无事，救援队正朝我这里赶来。

我在发抖，抖得比蒂娜还厉害。太冷了，没法再思考什么。手套早就吸满水了，没用了。我摘下手套，把双手夹到腋下。蒂娜又来到我身边。我侧身躺下，把腿拉向身体，裹住了它。

我以为我会哭的，可是却发现人竟然会冷到哭不出来的地步，不管心里有多难过，全身心，只剩下冷。

我又恍惚起来，想起小时候。妈妈在那里，但我不知道那是真实的她，还是我看过电视、书本里的太多妈妈后，头脑中发明出的她。她穿着一身过时的衣服——有花开在上面的裙子，还有一条围裙。头发梳到脑后，盘成一个发髻。

头脑中的另一部分，我记起爸爸酩酊大醉，在厨房蹒跚。“在哪儿？”爸爸喊，“在哪儿？”

酒，我猜他问的是酒。

然后我回忆起一场争吵。爸爸和妈妈朝对方大喊大叫。不，不是朝着。爸爸只是含糊地吐出几个词，妈妈的声音则像扫射出冰针的机关枪。我和肯尼在楼上，躲在楼梯间偷听。后来，肯尼躺在床上哭，枕头压住脑袋。我凑过去给肯尼讲了一个故事。那也许是我给他讲的第一个故事，我从学校听来的。是什么来着，《亨塞尔与格莱特》？撒下面包屑做记号，两个被丢在森林里的孩子……不，我不会给他讲那个故事的。我没那么傻。也许是《小美人鱼》，因为我有一个记忆，在什么地方，肯尼喃喃着："美人鱼，美人鱼……"

蒂娜浑身冰冷地靠着我。蒂娜是条好狗。它不怎么聪明，也不会耍把戏，但它爱肯尼。好并不等于聪明。

我想让蒂娜暖和起来，伸手把它搂得更紧了。

我的嘴唇贴着它湿漉漉的脑袋，跟它说话。我说了些什么呢？我不知道。大概是些你会对狗念叨的话吧。它伸出舌头弯曲着向上探，试图舔我的脸。舌尖蹭到了我的鼻子，粗糙又干燥。

水还在上涨。我把后背抵在峡谷的石壁上。但我不再害怕溺水了。没有肯尼，我也不想活了，我知道，是我害他死在了这冰冷的河水中。

突然，我又想起了一样东西。也和那些故事有关。又是个悲伤的故事。一个小女孩沿街叫卖火柴。想想吧，会有人穷到要卖火柴吗？她那么冷，那么孤独，于是她点燃火柴，火焰的光芒让她感到不再那么悲伤。

为什么这个故事会在我的脑子里？结局可不怎么幸福……

火柴。

打火机！

我带了妈妈的旧打火机，就在夹克里侧的口袋里。我用麻木得像石头的手指，费力地探向口袋。找到了。我用拇指拨了两次砂轮，只迸出了一点儿火花。我又拨了一次，这次点着了。燃烧的气体产生金色和蓝色的火焰，太阳般明亮，是我见过的最美丽的东西。我几乎要把冻僵的手指伸进这火焰了，我的手指贪婪地品尝着温暖。在烧伤自己之前，我又换了一只手，让火焰在指间来回跳动。

“来，蒂娜，暖和一下。”我对蒂娜说。但它只是转头看了我一眼，又瘫了下去。

一分钟后，打火机的金属盖子已经烫得握不住了。我只好松开了保持火焰燃烧的塑料按钮。

世界一下子黑了。比之前更黑。此刻我是那么害怕黑暗，它和寒冷、和上涨的河水一样令我害怕。我再次拨亮打火机，火焰又燃烧了两分钟。第三次点亮时，火焰看起来更细、更小了。我熄灭火焰，把滚烫的打火机放在套头毛衣和T恤衫之间。有那么几秒钟，真是太舒服了。

第四次，火焰持续了不到一分钟，熄灭了。黑暗从四处逼来。我失去了全部希望。

第十八章　是早晨了

是早晨了。阳光洒进峡谷。淡蓝色的光里有一道道金线，像小孩子画太阳时的那种。然后山谷中的石头打开了，像扇贝的壳，或者像一本书。再或者，像是当你拢着一只蝴蝶给你的朋友，你那黑发的女友，看，她朝你走来，你张开了手。然后这只蝴蝶——没什么特别的，只是一只菜粉蝶——打开翅膀，扇了几下，确认其中仍有力量，然后它振翅而起，飞入蓝色、金色的天空。我仰面躺着，凝望着，看着天空中那些轻柔的白线，回忆起爸爸说过的话——那时他还是个孩子，那时还没有互联网，当白天没有电视节目的时候，他和朋友们就会几小时几小时地盯着那夏日里无尽的蔚蓝天空，看天空中飞机拖下的白色尾迹，就像我和肯尼看电视一样。肯尼就在这儿，真好。虽然看不到他，但他就在这儿。还有萨拉。我知道，如果我转过头，她就会在我旁边。我伸出手，试图拉住另一只手，我想那会是萨拉的或者肯尼的，但我只碰到我们身下柔软的干草。牧场里也有这种干草，那牧场就挨着树林，有獾居住的树林。

然后我听到了那个声音，云雀的欣喜若狂的鸣唱。我凝视着那团光亮，一只小鸟在奋力向上。它飞起的样子不像燕子或者雨燕那样轻松自在。云雀的飞翔是用尽力气，仿佛凭着纯粹的意志——一种渴盼，一种期望拉动自己向上。飞翔、歌唱就是它的使命，是它的勇气之源。真美啊。就这样，云雀越飞越高，挣脱了地球的引力，突然飞得轻松写意起来。终于，它飞向云端，歌声再也听不见。但我的目光依旧凝视着蓝天中的那个小点儿，我努力睁着，生怕再也找不到它的踪迹。最后，我眨了一下眼睛，再睁开时，看到的不再是蓝色和金色的天空，而是一团漆黑。

我忽然明白了，我看到的并不是云雀，而是一个灵魂，现在我又是独自一人了，一个美丽的灵魂已经离开了这个世界。

第十九章　获救

“听我说，尼基，你没事了。能听见我说话吗？看着我。”

峡谷周围晃动着一道道光线，像战场上的探照灯。

是一个男人，戴着一顶黄色的头盔。头盔上顶着一盏头灯，我一直希望有那样一盏头灯。他留着小胡子。这年头什么人还留着小胡子呢？

我没有理解。

“肯尼。”我说。

“肯尼？”男人问道，“你哥哥吗？”

“是。”

“肯尼没事。”

四周还有很多人。不只是男人，还有一个女人。他们都戴着有头灯的头盔，穿着粗质的衣服，围着我做各种事情。

“数到三，”一个人说，“一，二……”然后是一阵彻骨剧痛，我这辈子最疼的一次。他们把我抬到某个东西上。

然后，他们用一张锡纸把我包了起来。

“你现在是世界上最大的火鸡啦。”有个人说。

“肯尼在哪儿？”我问。

“他在等着你呢。”

“他死了吗？”

“当然没有，小子！在医院，体温过低。不过没事儿。我猜这会儿正看电视呢。”

大家忙个不停，各司其职，捆扎绳子，不断传来众人用力的声音。

一个声音说：“趁现在还有劲儿，把他弄出去。”

我转过头，看见蒂娜还躺在岩石上。

“我的狗。”我叫道。

但我已经知道了。

“我很抱歉，孩子。”那个男人说。

“别丢下它。”

“当然不会。”

“你们会埋葬它吗？找一处……好地方……”

“当然会。”

“别告诉肯尼。”我说。

“当然不会。”

他们把我抬了起来。男人和女人，抬着我往前走。我使劲扭过头去看。那个男人抱起了蒂娜，那是我们的狗狗，它把身上最后一点儿温暖给了我。

当人昏过去又醒过来时，总会感觉像在故事里，像一个骗局。不过我并没有昏过去。我记得我沿着峡谷被抬回来，他们有时蹚过浅滩，有时爬过岩石。然后我们开始向上，救援者们闷哼着，努力保持担架水平。再后面就容易多了，我们来到了大路上，一辆救护车停在那里，蓝光闪烁，正等着我们。我哭个不停，为蒂娜而悲伤，也为肯尼而如释重负。当然，还有一小部分是因为，该死的腿真的太疼了。

救护车开过一段狭窄的路，过了很久才到医院。但没关系，我很暖和。终于，我们到了，把我抬进去的时候，里面有点儿混乱。医院的灯太亮了。护士检查，然后医生检查。直到那时我才意识到抱起蒂娜的人不在。我想谢谢他，谢谢其他人。也许我谢了，但我记不起来了。

他们先给我洗了脸，然后包扎了脑袋。我都忘了我跌下来时还撞破了头。之后，他们用轮床推着我去给腿拍 X 光片。医生告诉我，他们得等到第二天肿胀消退后才能为我打石膏。他们给了我一些药片，好让我不再疼。还有一些别的事。爸爸在这里，珍妮也在，仍然是夜里。

“对不起，爸爸。”我说。

爸爸的眼睛湿了。

“蠢蛋。”他说。我觉得他是在对自己说。

然后，我躺在一辆轮床上，被推着在医院里转来转去。爸爸推一边，珍妮推另一边。

“我们去看肯尼吗？”我问。

“是啊。”爸爸说。

“他没事吧？”

“你自己看就知道啦。”

“你怎么知道他没事？”

“我们已经进去看过他了，”珍妮说，“他很好。”珍妮不是我们的妈妈，但我爱她。

我们来到了肯尼的病房。病房里有五张床，肯尼躺在其中一张上。他在看电视，但没开声音。

“好啦，尼基老弟，”肯尼说，“我担心死啦，但他们说会找到你的。我简直冻僵了。水变深了，蒂娜不喜欢，所以就跑回去找你啦。哦，我把帽子弄丢了。有个医生说他会给我弄顶新帽子。我跟他说要曼城的，不要利兹的，利兹垃圾。他们把你的腿怎么啦？”

“修好了，”我说，“他们明天会给我打上石膏，然后你就可以在上面签字啦。”

肯尼很喜欢写自己的名字。他会在所有字母上加上自己创制的特殊旋涡和曲线。

“他们说，现在太晚了，不能让电视出声音。”肯尼说，“所以我只能看画面了。蒂娜在哪儿？他们不让狗狗进医院吗？怕它们身上有细菌？”

肯尼并没有看我，他的脸一直朝向电视屏幕。

我知道我要说什么，我在救护车上练好了。

“蒂娜很喜欢那儿——高沼地。它不肯跟我们回镇上。我们到了大路上，有个农夫在等我们。他说蒂娜可以去他的农场，他会把它训练成一条牧羊犬。那个农夫说，这对狗狗来说是最好的生活，它可以随心所欲地四处溜达，还可以和其他狗狗一起玩耍。他说那里就是狗狗的天堂。”

电视屏幕的光把肯尼的脸衬得发白。但我看得出来，他正在想象蒂娜在农场里放羊，和其他牧羊犬一起追逐，玩耍。

“嗯，”肯尼说，“我累了。”电视遥控器就在床上。他拿起来熄灭了屏幕。“我很高兴你没事，尼基老弟。”

“多亏了你，肯尼，”我说，“你救了我。你是英雄。”

我才注意到，他穿着自己的蜘蛛侠睡衣。肯定是珍妮给他带的，爸爸绝对不会想起这个。

他们让我睡在了肯尼旁边的一张床上。我伸出手就能碰到他。爸爸和珍妮回家了。医院很黑，但护士们仍然静静地走来走去，鞋子几乎不发出一点儿声音。肯尼睡着了，长胳膊和大手伸到被子外面。我伸出手，把他的手握在了我手里。

“给我讲个故事。”肯尼喃喃地说。

于是我给他讲了蒂娜在农场的故事，蒂娜从盖特拉西手中救下了绵羊，农夫奖励了它很多香肠。然后女王来了，给蒂娜颁发了一枚奖章。蒂娜和女王的一只柯基狗结婚了，它们生活在一起，先在白金汉宫住半年，然后再在农场住半年。

说实话，那不是我讲过的最好的故事。

第二十章　在明亮处

一周后，我们来到了曼彻斯特机场。我和肯尼从来没来过机场。他喜欢这里的一切，自动扶梯、商店，还有所有东西闪闪发光的样子。

后来，我们来到一处有落地大窗户的地方，那儿能看到准备起飞的飞机。肯尼的脸紧贴在玻璃上，惊得目瞪口呆。其实我也挺震惊的。太傻了，我知道——两个少年盯着飞机目不转睛，就好像它们才刚被发明出来。但我们从未如此近地看过飞机。和所有这些美丽的东西、吵嚷的人群，以及各种新鲜事物混杂在一起的，是我体内的一点点悲伤。不只是悲伤。还有为这一切的不公平而愤怒。长这么大，我几乎什么都没见过，在此之前没有走出约克郡一次。平生第一回，我很想走远一些，看看新的东西，每天都能经历些不同。

但我们不是来这里看飞机，思考逃离的。

我、肯尼和爸爸来这里接妈妈。我坐在轮椅上，腿像大炮一样杵着——一门石膏烂大炮。肯尼在上面签了名。学校里有同学来看我，在上面乱涂乱画了一通。有人在上面画了小鸡鸡，我把它改成了诺曼士兵（要是有人在你的练习本上画了个小鸡鸡的话，这是个不错的办法）。然后，萨拉也在上面写下了她的名字……

一开始是肯尼推着我在机场转，但后来他被所有这些东西搞得兴奋得顾不上，所以现在是爸爸推。

我们来到候机厅等候。

“飞机准点。”爸爸说。

他穿了他能找到的最接近一套西装的衣服。其实是两套，上衣是一套西装的上衣，裤子是另一套西装的裤子。他还梳了头发。我注意到爸爸的两鬓有点儿白了，头顶也有点儿稀疏了。不过，作为一个老家伙，他看起来挺帅。

肯尼穿着鲜亮的牛仔裤和运动衫，是从GAP店买的。

阳光透过大窗户照进来，整个候机厅十分明亮。大厅里有几十个人，都像我们这样等候接机。许多人是出租车司机，举着写了名字的纸板。还有一些是一家人——妈妈们、爸爸们和孩子们。

“你还好吗，尼基？”爸爸问。他把手放在我的肩头。

“挺好。”我说。

然后，我说了些以前从没说过的话。

“我爱你，爸爸。”

我感觉爸爸搁在我肩膀上的手收紧了一下。

“因为，爸爸，你总是……你从来都没有……离开我们。”

“不，尼基，”爸爸的声音很低沉，“我离开过，是你一直没有离开，是你……”

“是我们，爸爸，我们。”我说。

突然，我听到了肯尼的吼叫。那是一种笑与哭、快乐尖叫与痛苦呻吟的混合。然后，在那闪亮得让我不得不眯起眼睛的光线里，我看到了她……

尾声　云雀，云雀

很多很多年过去了。四十年后，我又一次和肯尼一起待在这家医院里。

爸爸和妈妈都去世了。珍妮还是我们的珍妮，她看上去几乎没变，只不过成了一个小老太太。

我陪着肯尼在病房里待了六个小时。他们说，他的时间不多了。他大部分时候都在睡觉。中途醒了两次，看着我。我把他的手握在我的手里——就像多年前他救了我之后那一次。他秃了，肯尼，因为化疗。不过即便没有化疗，他也会秃的。停止治疗后，一些小绒毛又长回到他头上，看上去那么柔软，我必须得苦苦忍住才能不去抚摸它们。

我的两个小孩热爱他们的肯尼伯伯。他们小的时候，肯尼总是和他们一起玩，不知疲倦。

“骑大马，肯尼伯伯！”两个小家伙会尖叫，一起骑在他长长的后背上。

他把两个孩子的名字——Ruth（露丝）和 Stan（斯坦）——文在了自己的指节上。

肯尼很喜欢自己在园艺中心的工作。他一直想照顾动物，但办不到，照顾植物就是第二好的选择。

我觉得他生活得很幸福。

比我还幸福吗？也许吧。我过得还不错。我和萨拉，起起落落，但仍然在一起。教书是件苦差事，不过，当你看到某些流鼻涕的七年级捣蛋鬼长大后拿到四个 A，步入大学殿堂时，那感觉还是挺不错的。

肯尼又睁开了眼睛。这一次眼神不再四处飘散，而是专注地看着我。

“蒂娜真的是去农场当了牧羊犬吗？”肯尼问，声音很低，像一声叹息。

我已经多年没有想起过我们那条小杰克罗素㹴了。我想过继续对肯尼撒谎，但我不能，这是他生命的最后时刻。

“不，肯尼，”我说，“蒂娜一直为我保暖，一直等到山地救援队找到我们。它把自己所有的温暖都留给了我。”

肯尼的呼吸声持续了一会儿。

“你不该对我撒谎的，尼基。”

“我知道，哥哥。”我说，“但我不想让你伤心。”

呼吸声。呼吸。

“蒂娜会在天堂里吗？”肯尼问。

“我想它会的，没错。”

“我会在那儿见到它吗？”

“当然会，肯尼。”

“我怎么才能找到它呢？”

“你不用找，”我说，“你一到那儿，它会跑过来，闻出是你。”

呼吸声。呼吸。越来越轻。肯尼的眼睛几乎闭上了。

“尼基？”肯尼呢喃道。

“嗯？”

“我们的那些历险……嗅嗅和鸦仔，还有我们从那个淹死的人身上取下手表……”

“是的，我记得，”我说，“我全都记得，都是不可能忘得掉的事。”

“你总是说，你会把它们写下来，写成书。”

我的确说过。我给孩子们讲过这些事，我和肯尼伯伯一起做过的事。但我从未有时间坐下来，写下来。

“我一直……都很忙，肯尼。生活里要应付的事太多了。”

“答应我，你会的。”肯尼说。

“做什么？”

“都写下来。”

“好，肯尼，我会的。”

“你得保证。”

“我保证。”

肯尼的眼睛已经闭上了，但他点了点头。

然后是他最后的话，那么微弱，我几乎听不到，然而又那么响亮，以另一种方式，仿佛那云雀在无边无际的蓝天上，欣喜若狂地歌唱。

“给我讲个故事吧。”

致谢

一如既往，我由衷感谢巴林顿斯托克出版社出色的编辑团队，尤其要感谢艾尔萨·巴思盖特和简·沃克。同时，感谢查理·坎贝尔帮我联系出版事宜。